Ralf Neubohn

Der geheimnisvolle Tod des Werwolfs

Ein Elfen- und Troll-Krimi

Ralf Neubohn

Der geheimnisvolle Tod des Werwolfs

Ein Elfen- und Troll-Krimi

Bibliografische Information der Deutschen Nationalbibliothek
Die Deutsche Nationalbibliothek verzeichnet diese Publikation
in der Deutschen Nationalbibliografie;
detaillierte bibliografische Daten sind im Internet
über www.dnb.de abrufbar.

Herstellung und Verlag: BoD – Books on Demand, Norderstedt

ISBN: 978-3-7568-0931-8

**Dieses Buch widmen die Bewohner des magischen
Finsterklammwaldes ihren Lesern!**

Inhalt

Vorwort

Die Bewohner des Finsterklammwaldes sind entsetzt: Ausgerechnet unter ihrer besonders magischen Zaubereiche schlägt ein Mörder immer wieder zu. Woher kommt er? Warum ermordet der Täter die magischen Wesen des Finsterklammwaldes? Selbst die mächtigsten Finsterklammwaldbewohner fallen dem geheimnisvollen Mörder zum Opfer. Haben da ausgerechnet die schüchterne Elfe Shirly Sherlocklinchen und der trottelige Troll Rufus Rumpelfuss eine Chance, den Fall zu lösen oder fallen auch sie dem mysteriösen Mörder zum Opfer?

Beim Treffen der Fantasy-Krimi-Autoren schlägt ebenfalls ein Mörder zu und tötet seine Opfer auf besonders ausgefallene Art. Ist der Täter ein Insider?

Dieser 1. Band meiner neuen Fantasy-Krimi-Reihe erscheint parallel zu der weiterhin fortgesetzten Serie um den magischen Lama- und Alpakahof. Beide Buchreihen sind allerdings ganz eigenständig und verschieden.

Viel Spaß beim Rätseln: Wer war es?

Die Zaubereiche

Nicht weit vom magischen Lama- und Alpakahof entfernt lag der Finsterklammwald. In dessen Mitte stand die mächtige Zaubereiche seit Jahrhunderten. Großohrzwerge behaupteten, sie schon singen gehört zu haben. Da Großohrzwerge allerdings überall nur als Großmaulzwerge galten, glaubte ihnen niemand. Dafür besaß die Zaubereiche einige andere allgemein anerkannte magische Fähigkeiten. So zeigte ihr Schatten wie ein Kompass immer nach Norden, egal wo die Sonne gerade am Himmel stand. Die etwas unbeholfeneren Waldbewohner konnten sich dadurch besser zurechtfinden und verliefen sich wesentlich seltener im Wald. Dies war gut so, denn sich in einem magischen Wald zu verlaufen, zog oft sehr unangenehme Folgen nach sich. Eine andere wichtige Funktion übte die Zaubereiche als Magieverstärker aus. Wesen mit geringer magischer Kraft nutzten sie deshalb, um ihre schwachen magischen Fähigkeiten zu verstärken. So wie die junge Tochter des Zauberers Merlin, Mandy Merlin.

Eines Tages versuchte sie zusammen mit ihrer schüchternen Freundin, der Elfe Shirly Sherlocklinchen, dort zu zaubern, aber nichts geschah. So etwas hatte es noch nie gegeben! Warum funktionierte die Zaubereiche nicht wie sonst als Magieverstärker?

Das geheimnisvolle Rätsel

Seit undenklichen Zeiten verließ die Zaubereiche ihre Kraft noch nie. Selbst die allerältesten Waldbewohner erinnerten sich nicht an so etwas.

Die Elfe Sherlocklinchen meinte zu Mandy: „Ich habe noch nie davon gehört, dass Zaubereichen oder heilige Haine einfach so ausfallen können. Es sind doch keine technischen Geräte, wie sie die Menschen benutzen. Magie vergeht nie."

Mandy Merlin gab ihr recht: „Stimmt, selbst mein sehr alter Vater hat in seinen zahlreichen langweiligen Erzählungen ein derartiges Ereignis noch nie erwähnt. Seltsam!"

Ein lauter Krach ließ die beiden zusammenzucken. Ein Erdbeben? Nein, der trottelige Troll Rufus Rumpelfuss stolperte über eine Baumwurzel. „Habt Ihr es schon gesehen?", rief er fassungslos. „Die Zaubereiche wirft zum ersten Mal seit Trollgedenken keinen Schatten! Was ist bloß los mit ihr?"

Ja, was?

Die Krisensitzung

Ein paar Tage später trafen sich alle Waldbewohner unter der Zaubereiche zu einer Krisensitzung.

Die riesige Hexe Hexameter führte den Vorsitz: „Ich habe in meiner Hexenkugel nachgesehen, noch nie fiel die Kraft der Zaubereiche aus. Es ist ein einmaliges Phänomen. Was meint Ihr, woran kann es liegen?"

Die Wurzelzwerge meinten: „Wir haben die Baumwurzeln überprüft, an ihnen liegt es nicht."

Die Sturmhexen riefen: „Der Baum ist auch oberhalb der Erde unbeschädigt. Die Stürme der letzten Zeit richteten keinen Schaden an."

Alle rätselten ratlos vor sich hin, als ihnen plötzlich die nervöse Unruhe der schüchternen Elfe auffiel. Gespannt schauten die Waldbewohner die errötende Elfe an: „Warst Du das? Oder ist Dir nur etwas eingefallen?"

„Ja", erwiderte sie besonders verlegen die Hände knetend. „Ich meine natürlich nicht, dass ich schuld bin. Also – aber - ja. Ich habe den Grund herausgefunden. Der ist schrecklich."

Entsetzt erklang es aus allen Richtungen: „Sage uns den Grund!"

Die Elfe erklärte errötend: „In der großen Elfenbibliothek steht ein Buch über den Finsterklammwald. Im Kapitel über die Zaubereiche wird erwähnt, dass in ihrer Nähe kein Blut vergossen werden darf, sonst fällt ihre Kraft für ein paar Tage aus. Das bedeutet: Hier muss ein Mord geschehen sein."

Alle schrien schockiert auf: „Eine Entweihung unseres Heiligtums! Tod dem Frevler! Das muss ein fremder Schuft gewesen sein! Sucht und tötet ihn!"

Die Ermittlung beginnt

Nachdem die empörten Waldbewohner auf die Jagd nach dem geheimnisvollen Fremden aufbrachen, erkundigte sich der trottelige Troll Rufus Rumpelfuss bei Sherlocklinchen: „Wozu die Aufregung? Jeden Tag werden Waldbewohner von Hexen, Drachen, Vampiren usw. getötet."

Die Elfe antwortete ungewohnt energisch: „Ja, aber das ist bloß Mundraub, der zur Ernährung nötig ist. Daher ist sowas erlaubt. Aber Mord aus anderen Gründen ist verboten und schädigt die Zaubereiche."

Der Troll meinte: „Mal sehen, ob die anderen den Täter finden."

Sherlocklinchen winkte ungeduldig ab: „Sie werden keinen Fremden finden, der Täter war einer von uns."

Der Troll erbleichte: „Einer von uns? Wie kommst Du denn darauf?"

„Weil das Verbrechen unter der Zaubereiche stattfand. Dadurch fällt ihre Zauberkraft aus und keines der schwächeren magischen Wesen kann sie bei der magischen Tätersuche als Verstärker benutzen. Dies konnte nur ein Insider des Finsterklammwaldes wissen. Jetzt sind also alle auf ihren Verstand angewiesen, der bei vielen Mangelware ist. Daher werden wir beide den Fall klären."

Rufus freute sich: „Wir beide? Weil wir Verstand haben?"

Der Elfe entfuhr versehentlich die Wahrheit: „Nein, Du hast keinen Verstand. Aber ich brauche Deine Hilfe, um in Gebüschen nach der Leiche zu suchen."

Beleidigt brummte der Troll: „Warum machst Du das nicht selber?"

Verlegen erklärte die Elfe: „In den Gebüschen sind doch Spinnen und Mäuse!"

Lachend begann der Troll die Gebüsche zu durchsuchen.

Die Suche

Die Elfe erklärte währenddessen weiter: „Wer auch immer die Tat beging, muss sehr gebildet sein. Denn bisher war es niemand von den anderen bekannt, dass vor der Zaubereiche kein Blut vergossen werden darf."

In den Gebüschen die Leiche suchend ergänzte der Troll: „Der Täter muss dann aber auch sehr mutig sein."

„Warum?" fragte Sherlocklinchen erstaunt.

Schlau bemerkte Rufus: „Wenn er genaue Informationen über die Zaubereiche besaß, musst er auch wissen, welche Folgen die Entweihung des Heiligtums für ihn haben wird. Die Besenhexen werden ihn zu Tode prügeln, die Steintrolle ihn steinigen usw. Nur die allerhärtesten Strafen warten auf den Mörder."

„Daran habe ich noch gar nicht gedacht", gab die ach so schlaue Elfe zu. Hatte sie den Troll unterschätzt? Der suchte in aller Ruhe weiter in den stachligen Gebüschen.

Entsetzt entfuhr Sherlocklinchen ein Schrei: „Wer war wohl das Opfer? Jemand, den ich mochte?"

Das Motiv

Aus den Gebüschen flohen die allergrusligsten Tiere, welche je ein Menschenauge sah. Kein Wunder, in Finsterklammwäldern gibt es viel Schlimmeres als Mäuse oder Spinnen. Was von diesen Tieren nicht rechtzeitig floh, verspeiste der Troll genüsslich. „Mundraub ist ja glücklicherweise erlaubt", dachte er zufrieden schmatzend.

Währenddessen grübelte Sherlocklinchen über das Motiv nach. Denn wer so ein frevelhaftes Verbrechen wie dieser Mörder beging, musste dazu ganz schwerwiegende Gründe haben. Aber welche nur? Hier passierten sonst schließlich nur die üblichen erlaubten Dinge, etwa Überfälle von Werwölfen oder Vampiren. Ihr fiel deshalb kein so starkes Motiv ein, um sich dafür gegebenenfalls zu Tode foltern zu lassen. So lange sie nicht auf den Grund für die Tat kam, würde es schwer sein, den Fall zu klären. „Vielleicht sollte ich vorsichtshalber zu meinen Cousinen auf den idyllischen Lama- und Alpakahof ziehen, dort passiert nie etwas", sinnierte die Elfe irrtümlich. Denn wie die Leser wissen, geschah dort jeden Tag mehr, als im Finsterklammwald in einer Woche. Klar, denn auf magischen Tierhöfen ist etwas los!

Der Fund

Shirly Sherlocklinchen beobachtete leicht angeekelt, wie der Troll fröhlich mampfend weitersuchte. Vegane Elfen bevorzugen wildwachsendes Obst als Speise. Glücklich rief Rufus Rumpefuss: „Ermitteln macht Spaß! Schade, dass es bald damit vorbei ist. Sobald ich die Leiche gefunden habe, nimmst Du von der Tatwaffe den magischen Fingerabdruck und schon ist der Fall blitzschnell geklärt."

Der Troll täuschte sich ziemlich. In einem Gebüsch fand er den mit einer geweihten Silberkugel erschossenen Werwolf Wolfgang Werwars. Allgemein unter dem Rufnamen WWW bekannt. Schmatzend begeisterte sich Rufus: „Toll, heute Abend gibt es Werwolfsteak!"
Die vegane Elfe erwiderte angewidert: „Erst nachdem Gorilla Gerichtsarzt die Leiche angesehen hat. Vielleicht findet dieser ja einen Hinweis, da es zumindest mit dem magischen Fingerabdruck bei einer Kugel nichts ist."

Der Gerichtsmediziner

Gorilla Gerichtsarzt untersuchte das Opfer, bevor es auf dem Grill des Trolls endete.

Erwartungsvoll erkundigte sich die Elfe: „Schon irgendwelche Hinweise auf den Täter?"

Der Gorilla seufzte: „Tja, das wird eine schwierige Sache für Dich, Shirly. Keinerlei Spuren des Mörders zu sehen. Der Patrone nach benutzte er einen Revolver Marke Dämonentod. Eine weitverbreitete Waffe von Abenteurern in magischen Welten." Auch die genauere Obduktion ergab nichts Neues.

Shirly Sherlocklinchen grübelte: „Das bringt uns nicht weiter. Abenteurer besuchen unseren Finsterklammwald nie. Davon abgesehen: Ein Außenstehender kann es aus zwei Gründen nicht gewesen sein: Erstens muss es jemand sein, der über die Zaubereiche Bescheid weiß. Zweitens muss der Täter über die Anwesenheit des Werwolfs informiert gewesen sein. Denn Werwölfe sind selten in Finsterklammwäldern. Daher war es wie vermutet einer von uns. Aber wer? Warum?"

Gute Fragen. Dazu noch eiliger als die Elfe zu diesem Zeitpunkt ahnen konnte.

Rufus Rumpelfuss meinte zufrieden gesättigt: „Rülps!"

Zumindest einer hatte an diesem Tag seinen Spaß.

Verhöre

Die riesige Hexe Hexameter bedauerte den Tod des armen Werwolfs aus pragmatischen Gründen: „Oh, wie traurig! Ein so guter Jagdhund! Mit wem soll ich nun zusammen auf die Jagd gehen?"

Der Drache Draxo Feuerspei überlegte: „Wer hat wohl gegen das haarige Ding etwas gehabt?"

Eine gute Frage, die sich alle Bewohner des Finsterklammwaldes stellten, insgeheim denkend: „Nachdem er nun nachts nicht mehr den Mond anheult, kann ich jetzt endlich durchschlafen. Ein Glück!"

Doch diese tiefe Befriedigung hinderte niemand an den Rachegelüsten: „Der Frevler muss sterben!"

Rufus stellte sich die Frage: „Wer wohl das nächste Opfer ist? In Krimis gibt es ja immer mehrere Tote. Vielleicht auch wieder jemand Essbares? Schrumpelzwerge sind sehr lecker. Aber Drachenschnitzel ist bestimmt auch sehr schmackhaft." Erwartungsvoll schleckte er sich die Lippen.

Weitere Verhöre

Die Sturmhexen hatten nichts Verdächtiges gesehen, die Großohrzwerge hörten hingegen zu viel. Verdächtig viel: Stöhnen, Kampfgeräusche, Maschinengewehre und Handgranaten. Großohrzwerge besaßen offensichtlich noch wesentlich mehr Phantasie als Ohrkräfte.

Mandy Merlin murmelte: „Ich verstehe es einfach nicht. Es ist unbegreiflich! Nachts ist doch niemand im Wald unterwegs. Also gibt es doch gar keinen Grund, den armen Kerl zu erschießen!"

Damit traf sie den Kernpunkt – das Motiv!

Der Vampir Vanilus Vampus erspähte in der Nacht auch nichts Wichtiges, gab aber zu bedenken: „Ich sah in der Nacht keine Fremden. Nur unseren Druiden Dudeldix, der zusammen mit dem Zauberer Merlin Zauberkräuter sammelte. Leider trugen beide Knoblauchkränze", fügte er bedauernd hinzu. Ein leckerer Snack entging ihm so.

Die Riesenmaus Wurzelmausos witterte in der Nacht auch keine fremden Gerüche. Es lief immer auf dasselbe heraus: Der Täter wohnte im Finsterklammwald!

Flucht

Die Elfe ging immer wieder im Geiste alle Verdächtigen durch. Dabei kam sie zu einem naheliegenden Schluss: „Von allen schuftigen Schuften sind Hexen die schuftigsten! Und von allen schuftigen Hexen ist Hexameter die größte und schuftigste." Zusammen mit Rufus eilte sie zum Hexenhaus, doch die beiden kamen zu spät. Verlassen lag das Hexenhaus vor ihnen. „Geflohen!", rief die Elfe verärgert. „Aber das ist andererseits ein Schuldbekenntnis! Von nun gibt es keine Hexameter mehr! Nur noch in Gedichten!"

Rufus sagte zweifelnd: „Seltsam, dass sie flieht! Eine so kämpferische Hexe wie sie. Davon abgesehen verstehe ich nicht, warum die Hexe ihren eigenen Jagdhund getötet haben soll. Ich glaube, Du bist auf dem Finsterklammwaldholzweg."

„Ach, was!", frohlockte die Elfe. „Der Fall ist geklärt! Wie im Märchen ist die Hexe die Böse! Wer soll es schließlich auch sonst sein?"

Rufus nuschelte: „Zum Beispiel der Vampir, der Drache, der Druide, die Riesenmaus, die Sturmhexen..."

Die Party

Mit einer großen Party feierten die Finsterklammwaldbewohner die Lösung des Falls durch unsere beiden Helden. Große Erleichterung herrschte überall darüber, dass die böse Hexe Hexameter die Täterin war. Seit der Schule hassten alle die Versform Hexameter und seit sie die gleichnamige Hexe kannten auch diese. Idealer konnte die Lösung des Falles nicht sein.

Nur die Sturmhexen schlossen sich der allgemeinen Freude nicht an. Diese mochten zwar auch keinerlei Art von Hexametern, aber wie der Troll glaubten sie nicht daran, dass jemand seinen eigenen Jagdhund ermorden könnte. Zumal es weit und breit keinen Ersatz für diesen gab. Nicht mal die bösesten Hexen begingen so Böses, zumal dann nicht, wenn sie sich damit selbst schadeten. Am anderen Tag sollte Gorilla Gerichtsarzt das Hexenhaus durchsuchen, falls es dort einen Hinweis auf das Fluchtziel gab.

Eine schreckliche Entdeckung

Gorilla Gerichtsarzt durchsuchte mit unseren beiden Helden das Hexenhaus. Dabei fanden sie einige abgenagte Menschenknochen und im Hexentopf eine Art Menschengulasch. Dies überraschte niemanden von ihnen besonders, Hexen sind nun mal so.

Doch nirgends fand sich der leiseste Hinweis auf das Ziel ihrer Flucht. Kein Reiseprospekt oder Ähnliches.

Shirly flüsterte plötzlich entsetzt: „Sie ist nicht geflohen. Die Hexe ist noch hier! Wir sind in eine Falle gegangen!"

Rufus fragte: „Wie kommst Du darauf?"

Die Elfe erklärte: „Weil ihr Hexenbesen noch da ist. Keine Hexe flieht ohne ihren Besen mit ins Exil zu nehmen!"

Schweiß brach allen aus, dennoch suchten die drei tapfer weiter. Jetzt nicht mehr nach dem Ziel der Flucht, sondern die auf sie lauernde Hexe!

Oh, je!

Die Hexe

Rufus fand die Hexe. Ihr Anblick war noch grausiger als sonst. Sie steckte im Ofen. Das nächste Mordopfer! Der Troll überlegte, wie wohl gebackene Hexe schmeckte. Sollte er sich heimlich ein Stück abschneiden? Nur so, zum Probieren? Während ihm das Wasser im Mund zusammenlief, seufzten die beiden anderen: „Oh, je! Nun muss die Suche von vorne beginnen! Und wieder ist ein magischer Fingerabdruck nicht möglich!" Dabei ging es allen drei durch den Kopf: „Schade, dass die Hexe auch ermordet wurde. Nun fällt die Schuld auf einen von uns anderen Waldbewohnern. Vielleicht auf jemand sehr netten!"

Die Sturmhexen sagten später: „Das haben wir ja gleich gesagt! Niemand ermordet seinen eigenen Jagdhund! Ist doch klar wie Menschenbrühe!"

Wieder von vorn

Der Troll beschäftigte sich mit einer wichtigen Frage: „Was soll mit dem Täter geschehen? Dem Drachen zum Fraß vorwerfen? Oder ihn selber mit Maronifüllung essen?"

Sherlocklinchen grübelte über etwas anderes nach: *„Wie den Täter zu einem Geständnis bringen? Am besten sollten ihn pinselzüngige Fußpinsler so lange die Fußsohlen ablecken, bis er es vor Lachen nicht mehr aushielt. Denn bisher gibt es ja keinerlei Indizienmaterial."* Die Befragungen aller Waldbewohner begannen wieder von vorn. Shirly befürchtete allmählich, vom vielen Fragen einen Zungenknoten zu bekommen oder geschwollene Lippen.

Rufus Rumpelfuss hingegen hinkte vom vielen Laufen noch mehr als bisher und bereute es bitter, sich mit diesem Fall befasst zu haben. Nur die Gedanken an die Zubereitung des Täters als Mittagessen heiterte ihn auf: „Mit Spinatfüllung? Gebraten mit Zwiebeln? Oder doch Maronifüllung?" Welch schwere Entscheidung. Das Leben eines Detektivs ist wirklich nicht leicht.

Wer denn nun?

Diese Frage beschäftigte unsere Helden ununterbrochen. Eine andere Sturmhexe? Der Drache? Der Zauberer Merlin? Oder eher Druide, Riesenmaus, Zwerge, Vampir? Vielleicht sogar noch ganz andere Waldbewohner? Elfen, Einhörner, Kobolde, Geister, Riesenschlangen?

Doch mit der Zeit klärten sich die Gedanken. Zwar kamen einige andere Waldbewohner in Frage, aber viele davon schieden von vornherein aus. Riesenschlangen, Einhörner, Geister usw. konnten schließlich nicht mit einem Revolver schießen. Davon abgesehen standen diese nicht auf dem Speiseplan von Werwölfen oder Hexen. Daher fiel bei einer Anzahl Verdächtiger Rache als Motiv aus. Da Werwölfe meistens nachts unterwegs waren, beging die Tat vermutlich ein Nachtwesen. Nämlich der Vampir. Leider ein besonders schwer zu fangender Täter. Doch mutig gingen unsere Freunde mit Knoblauch und Holzpflöcken auf Vampirjagd.

Wieder zu spät

Unsere Helden fanden den Vampir. Allerdings bereits gepfählt. Der Mörder hatte wieder zugeschlagen. Betrübt sahen sie die Vampirleiche, als sich Rufus Miene aufhellte. Dachte er wieder an Essen? Etwa Vampir mit Knoblauchsauce? Nein! Der Troll rief begeistert: „Jetzt ist der magische Fingerabdruck möglich! Beschwöre ihn am Holzpflock!"

Die Elfe nickte: „Ja, jetzt haben wir ihn! Mal sehen, wen wir gleich verhaften werden!"

„Und zu Tode foltern!", fügte der blutrünstige Troll hinzu.

Der Fingerabdruck gehörte – dem Druiden Dudeldix! Nicht zu fassen! Sie eilten zu seinem Haus, das verlassen vor ihnen lag. Kurz vor ihrer Ankunft musste er geflohen sein. Im Haus fanden die Detektive den Revolver, Ersatzpflöcke und beweiskräftige Unterlagen.

Endlich das Motiv

Aus seinen Unterlagen ging hervor, dass der Druide zusammen mit einem skrupellosen Bauunternehmer den Finsterklammwald in einen Freizeitpark verwandeln wollte. Dazu mussten die gefährlichsten Waldbewohner getötet werden, während die friedlicheren als Touristenattraktion dienen sollten.

Ein völlig verrückter Druide, kein Wunder gab es kaum noch welche. Was wollte so ein kräuterfressender Magier mit den Eintrittsgeldern des Freizeitparks? Davon abgesehen, dass selbst die weniger gefährlichen magischen Wesen des Waldes für Touristen höchst gefährlich waren. Denn magische Wesen sind den Umgang mit harmlosen Besuchern nicht gewöhnt und können ungewollt viel Unheil anrichten. Wieder stieg eine Party, mit welcher die Lösung des Falles gefeiert wurde. Dieses Mal zu Recht! „Hoch leben Sherlocklinchen und Rumpelfuss" erklang es noch lange im Chor.

Das Krimi-Autorentreffen

Die Elfe beschloss ihren ersten Kriminalfall als Buch zu veröffentlichen. Da es im Finsterklammwald stets irgendwelche Ablenkungen gab, beschloss sie zu verreisen, um in der Urlaubsruhe unter dem Pseudonym Ralf Neubohn zu schreiben. Im magischen Reisebüro buchte Shirley den idealen Ort dafür. Nämlich die Villa „Zur verbogenen, goldenen Schreibfeder". Diese lag völlig verlassen in den hohen Bergen des Finsterklammwaldes. Hier konnten in völliger Ungestörtheit einzelne Autoren ihre Fantasy-Krimis schreiben oder Autorengruppen ihre Workshops abhalten.

Die Elfe nahm als zehnte Autorin der Gruppe „Zur tödlichen Flammenfeder" teil, um an ihrem eigenen Buch und einer gemeinsamen Anthologie der Gruppe zu schreiben.

Alle Teilnehmer mussten vor der Anreise ihre sämtlichen magischen Fähigkeiten im Reisebüro lagern lassen, damit niemand durch diese beim Schreiben im Vorteil war. Denn in der Vergangenheit schummelten einige Autoren und beschworen die Geister großer Kriminalschriftsteller, damit diese für sie selber schrieben.

Die Autorengruppe

Seit der Aufnahme des Autors Ingelby Igittchens kriselte es etwas im Autorengebälk. Früher gab es bei den Künstlern keinerlei Streit oder Neid, doch Ingelbys Selbstüberschätzung brachte alle aus der Ruhe, selbst Mumien. Auch Shirly fluchte stark schwäbelnd vor sich hin. Der gefräßige Kuchengnom Berta Babbelbergle und der Magier Ludwig P. Lesi-Les die sich noch nie so richtig leiden konnten, befanden sich jetzt vollends auf dem Kriegspfad. Ob alles gut gehen würde? Einige der Autoren besaßen vermutlich auch im Privatleben viel kriminelle Energie. Nutzte jemand seine Fachkenntnisse eventuell aus? Wenn ja: Wer fiel diesen Experten zum Opfer? Und noch viel schlimmer: da alle ihre Zauberkräfte im Reisebüro für die Dauer ihres Aufenthalts abgeben mussten, konnte niemand den Fall mit Magie lösen. Es gab keine Möglichkeit des magischen Fingerabdruckes oder Ähnliches. Würden die Fantasy-Krimiautoren dennoch einen Mörder aufspüren können? Doch bisher blieb ja alles friedlich, eventuell passierte ja auch gar nichts Schlimmeres, als Autoren-Zoff, und die Befürchtungen blieben gegenstandslos.

Lesung

Eines Abends stand leider eine Lesung des Kampfzwerges B. Leidigung an. Alle seufzten frustriert, weil dieser Autor besonders nuschelnd las, seit er einmal bei einem Kampf alle Zähne verlor. Ergeben saß sein Publikum im großen Esszimmer und harrte der schrecklichen Langeweile, die da kommen sollte. Doch sie hatten großes Glück. Ihnen wurde das Leiden erspart. B. Leidigung schaltete das Mikrofon ein und starb an einem starken Stromschlag.

Berta rief freudig: „Welch ein Glück!"

Shirly strahlte selig, bekam aber doch leichte bedenken. Was löste den Stromschlag aus? Eine spätere Besichtigung des Mikrofons zeigte eine Schadstelle in der Isolation. „*Na ja, sein Pech und unser großes Glück*", überlegte die Elfe fröhlich.

Niemand kam auf den Gedanken, dass mehr dahinter steckte. In der Nacht schneite es so sehr, dass die Villa für mehrere Tage völlig von der Außenwelt isoliert wurde. Was machte das schon aus? So störte kein lästiger Besucher beim Schreiben der Bücher.

Unfall

Der Autor Zacharias Zahnlosos nuschelte seit diesem Ereignis noch mehr als bisher zahnlos vor sich hin. Bisher bildeten seine Nuschelgespräche mit B. Leidigung eine nervige Kulisse für die Schreibenden. Es lenkte alle zu sehr ab.

Berta seufzte traurig: „Schade, dass es den nicht auch erwischt hat. So eine Nervensäge! Diese alten Zauberer gehören doch alle ins Seniorenheim!"

Eines Tages erlitt auch Zahnlosos einen Unfall. Eine schwere Schreibmaschine stürzte ihm vom 4. Stock auf den Kopf, als er kurz vor die Tür schaute. Ein Unfall, was sonst?

Nur Shirly murmelte ein zweifelndes: „Hm, hm, hm?"

Da die beiden Obernuschler nun fehlten, besserte sich die Stimmung deutlich. Denn Autoren die nuschelnd vorlasen, erfreuten niemand.

Vor allem freute sich Ingelby Igittchen. Denn nun konnte er mehr Texte fürs neue Buch schreiben, da ja die reservierten Seiten der beiden Verstorbenen nun den anderen zur Bearbeitung ebenfalls freistanden. Je mehr Autoren also starben, desto mehr Platz gab es im Buch für die Überlebenden. Igittchen ging aufs Zimmer des Vampirs Brutus Brutuslinchen, um ihn etwas zu fragen. Entsetzt stand er vor der Leiche. Offensichtlich beging Brutus Selbstmord, indem er sich mit seiner Schreibfeder erdolchte. „*Toll*", ging es Ingelby durch den Kopf. „*Noch ein Konkurrent weniger. Somit mehr Schreibplatz im Buch für mich und meine überragenden Fähigkeiten. Außer mir schreibt sowieso niemand gut. Vermutlich sah es Brutus ein und räumte wie es sich für Versager gehört von selber das Feld.*" Selbstzufrieden nervte Ingelby die anderen mit seinen Kommentaren noch mehr als sonst. Manche Autoren sind ja sehr arrogant, viele Mörder auch. War Ingelby vielleicht beides? Oder ging es hier doch mit rechten Dingen zu?

Die Hexe Xanthippe Xervesala lag tot in der Küche. Vergiftet? Sherlocklinchen untersuchte die Leiche. Dabei stellte sie fest: „Von hinten erschlagen. Mit einem stumpfen Gegenstand." Die restlichen Autoren zuckten zusammen. Ein Mörder war nun ganz sicher unter ihnen. Aber wer? Und wie sollte man fliehen? Die Villa lag unter so einer großen Schnee- und Eisschicht, dass tagelang niemand ins Tal konnte. Alle Wege unpassierbar! Sie saßen in der Falle.

Tatwaffe

Shirly überlegte sich: *„Was benutzte der Mörder wohl als Tatwaffe? Einen Sandsack? Eine Kaffeekanne?"* Da sah sie ein sehr dickes Manuskript unterm Küchentisch liegen. *„Von einem Manuskript erschlagen? Diesen Tod könnte auch mancher Kulturkritiker mal erleiden"*, schoss es ihr durch den Kopf.

Jeder der Überlebenden Autoren lief nur noch sehr vorsichtig durchs Haus, immer auf der Hut. Denn niemand wollte das nächste Opfer sein. Von zehn Autoren lebten nur noch sechs. Und einer dieser Überlebenden lauerte auf sein nächstes Opfer. Vielleicht auf Shirly? Oder auf Berta Babbelbergle? Der alte Langweiler Ludwig P. Lesi-Les bot sich auch als Opfer an. Außer ihnen lebten noch drei andere Autoren. Doch wie lange noch? Tatsächlich lebten zu diesem Zeitpunkt nur noch fünf Autoren, was aber niemand wusste. Schneemensch Yvonne Yetile saß mit dem Farbband der Schreibmaschine erdrosselt an ihrem Schreibplatz. Da niemand ihren tierischen Schreibstil mochte, hätte es zur Feier des Tages um ein Haar eine Party gegeben. Nur Shirly strenges: „Na, na!", stoppte die Feiervorbereitungen. Sehr enttäuscht ließen die anderen die Freudenfeier sein. Wozu erlebten sie schließlich etwas wunderbar Erfreuliches, wenn sie es nicht hinterher feiern durften?

Wer war es?

Es muss aber leider gesagt werden: Die Morde belebten die verbliebenen Autoren sehr. Ihr gemeinsames Krimi-Buch bekam viel mehr Biss. Offensichtlich wirkte Mord auf diese Krimischriftsteller anregend. Und diese Inspiration erhielt gleich neue Nahrung! Dem kleinen Monster Nessie Nessilinchen hatte jemand die Maus des PC tief in den Mund gestopft, so dass die Arme erstickte. Den restlichen vier Autoren ging es nun endlich auf, dass hier wohl außer dem Mörder niemand lebendig herauskam. Aber wer war wohl dieser Unhold? Ingelby? Berta, Shirly oder Ludwig? Mit jedem Mord schieden Verdächtige aus. Bestimmt war Ingelby der Mörder. Sollten ihn die anderen im Keller einsperren? Doch ein kurzes Röcheln aus dem Speisezimmer löste das Problem von selber. Tot lag Ingelby auf dem Esstisch. Jemand hatte in das Hackfleisch scharf angesägte Kugelschreiberminen getan. Blieben nur noch die aus vielen Büchern bekannten Berta und Ludwig, sowie Shirly. Kaum zu glauben, dass einer von ihnen solch grauenvolle Morde beging. Es stellte sich auch die Frage: Wer starb als nächstes? Shirly hätte jetzt sehr gern den nervigen Rufus als Leibwächter gehabt! Leider war es nun dafür zu spät!

Das Ende

Misstrauisch beäugten sich die drei Überlebenden, schrieben aber am gemeinsamen Krimi weiter, der nun noch bissiger als bisher wurde. Mit sehr starkem schwarzem Humor. Die drei schliefen sogar an der gemeinsamen PC-Anlage, um nicht allein durchs Haus gehen zu müssen. Niemand wollte das nächste Opfer sein und lieber den anderen den Vortritt ins Jenseits lassen. Da rochen alle drei plötzlich Rauch. Sofort eilten sie zur Tür, vor der angezündete Bücher brannten! Es gab also doch noch jemand anderen hier im Haus! Aber wen wohl? Gemeinsam gingen die drei zitternd auf die Suche. Im Dachgeschoss fanden die Autoren eine am PC Kabeln aufgehängte Frau. Shirly blinzelte, grübelte und erkannte sie: „Es ist die Putzfrau der Villa! Die jammerte immer darüber, wie arg wir Autoren die Villa vermüllen. Überall Flecken von ausgelaufenen Kugelschreibern, zusammengeknülltes Papier usw. Aus Hass beging sie wohl die Morde. Vermutlich dachte die Putzfrau, dass wir das von ihr gelegte Feuer zu spät entdecken und wollte gleichzeitig mit uns sterben. Dass wir es rechtzeitig löschen könnten, darauf kam die Arme nicht."

Das gemeinsame Buch der verbliebenen drei Autoren wurde ein großer Erfolg, auch wenn niemand die grausigen Hintergründe der Herstellung kannte. Die Autoren schrieben es unter Shirleys Pseudonym „Ralf Neubohn". Der Titel des Buches lautete: „Die Gartenschau-Morde". Auch der Folgeband „Tod auf dem Kaktus" fand viele begeisterte Leser schwarzen Humors.

Die Cousinen

Für heute enden an dieser Stelle die Abenteuer Shirlys. Schauen wir noch kurz zu dem magischen Lama- und Alpakahof, der rechts vom Finsterklammwald lag. Dort lebten Sherlocklinchens Cousinen, die schüchterne Fee Ninvy und die schusslige Hexe Kleckselinchen zusammen mit dem greisen Zauberer Sir Ralphus. Die drei richteten in zahlreichen Büchern von mir bereits viel heiteres, magisches Chaos an. Vielleicht haben Sie schon über den einen oder anderen Band darüber geschmunzelt.

Links vom Finsterklammwald lag übrigens ein ganz anderer Lama- und Alpakahof, auf dem es erheblich ernster zuging. Denn dort geschahen viele Morde, über die ich in meiner bald erscheinen Tier-Krimi Reihe berichten werde. Das Alpaka Watselinchen versucht darin als Detektiv diese zahlreichen Morde zu klären.

Doch nun zurück zu Shirlys chaotischen Cousinen! Viel Spaß mit diesem heiteren Ausklang des Buches!

Der Hobelpreis

Ratlos erkundigte sich eines Tages die Fee Ninvy bei ihrer Schwester der Hexe: „Kleckselinchen? Hast Du auch den Bericht in der internationalen Feezeitung gelesen?"

„Nein", erwiderte die Angesprochene. „Da ich eine Hexe bin, lese ich den Hexenkurier und das Hexenblättle. Was stand denn in Deiner Feezeitung besonderes?"

Die Fee berichtete: „Demnächst wird der Hobelpreis in Eden vergeben, alle sind neugierig darauf, wer ihn bekommt."

„Der Hobelpreis?", grübelte die Hexe Kleckselinchen. „Wahrscheinlich ist es der Siegespreis für den besten Holzfäller. In Eden gibt es ja viele Bäume. Oder vielleicht ist es auch eine Ehrung für den fleißigsten Biber? Was soll daran so toll sein? Wir sind doch nicht auf dem Holzweg, haben also mit Bäumen nichts zu tun."

„Ich weiß", erwiderte Ninvy kleinlaut. „Aber überlege mal, wie berühmt wir als Preisträgerinnen sein würden. Bestimmt gewinnt den Hobelpreis so ein ungehobelter Holzkopf mit Brett vor dem Kopf. Wir hätten den Preis viel eher verdient, als so ein Holzwurm. Fragen wir doch Sir Ralphus, ob er von diesem Holzfäller Wettbewerb schon mal was hörte."

Sir Ralphus

In Sir Ralphus Zauberturm fragte dieser erstaunt: „Jodelschweiss in Emden? Ich dachte, dies sei nur in Bayern üblich."

Streng rief Kleckselinchen: „Hobelpreis in Eden! Sir Ralphus, Du hast schon wieder vergessen, Dein Hörgerät anzustellen!"

Lächelnd erwiderte Sir Ralphus ahnungslos: „Ich weiß nicht, ob Ihr es bemerkt habt, ich habe vergessen, mein Hörgerät anzustellen."

Kleckselinchen dachte dazu etwas nicht Druckreifes und erzählte nochmals vom Hobelpreis.

Sir Ralphus antwortete: „Hobelpreis? Davon habe ich noch nie geh...! Äh, ich wollte sagen: klar, ein sehr angesehener Preis. Da solltet Ihr teilnehmen!"

Ninvy flüsterte verlegen: „Aber wir haben mit Holzhobeln keine Erfahrung! Jeder Biber und Holzfäller wird uns besiegen!"

Sir Ralphus tröstete: „Nein, das habt Ihr falsch verstanden. Der Hobelpreis in Eden bezieht sich auf Hobeln und Schnitzen allgemein. Nicht speziell auf Holz. Bastelt doch nachträglich für Halloween schöne Kürbisköpfe und nehmt damit am Hobelwettbewerb teil."

Eine gute Idee, oder?

Die Herstellung

In ihren jeweiligen Häusern schnitzten beide Mädchen fleißig an ihren Kunstwerken für den Hobelpreis. Während Kleckselinchen gut vorankam, stieß die ungeschickte Fee auf große Schwierigkeiten. Als sie Tage später Kleckselinchen auf die Straße traf, bat sie nervös die Hände knetend: „Kannst Du kurz zu mir kommen? Ich schaffe es mit den Kürbisköpfen einfach nicht!"

„Warum?", erkundigte sich Kleckselinchen. „Es ist doch sehr einfach. Na, ich komme mal mit und zeige Dir, wie es geht."

Errötend vor Freude führe Ninvy Kleckselinchen zu sich nach Hause. In der ganzen Wohnung der Fee lagen ausgehöhlte Früchte herum, dazwischen das Fruchtfleisch. Seufzend rief die Hexe: „Natürlich hat das Kürbisschnitzen nicht geklappt! Du hast aus Versehen Tomaten statt Kürbisse genommen!"

Ninvy erkundigte sich erstaunt: „Wirklich? Gibt es da Unterschiede?"

Feen kennen sich offensichtlich nicht besonders gut in Gärten aus. Kräuterhexen und Gemüsehexen hingegen schon.

Der Gnadenstoß

„Heißt dass, ich habe umsonst drei Tage mit Schnitzversuchen vergeudet?", rief die arme Fee entsetzt.

Kleckselinchen erwiderte sehr von oben herab: „Was heißt vergeudet? Künstlerische Arbeit ist alle Zeit der Welt wert. Außerdem...!"

Doch hier wurde die Hexe durch Alpakalinle unterbrochen: „Wie sieht es denn hier aus? Was soll das werden?"

Die beiden Mädchen erzählten dem Alpaka von dem Hobelpreis aus Eden.

Woraufhin das Alpaka vor lauter lachen schier zusammenbrach.

„Hobelpreis aus Eden? Oh, Mädels! Im Garten Eden gab es keine Holzfäller, deshalb war es dort ja so paradiesisch! Ihr verwechselt das Ganze mit dem Nobelpreis aus Schweden und das ist was ganz anderes! Ha, ha, ha!"

Kleckselinchen entfuhr ein empörtes: „Was? Ich habe also die ganze Zeit umsonst mit Schnitzen vergeudet? Internationale Feezeitung! Ich hätte es wissen müssen! Die sind so Welt abgewandt in ihrem idyllischen Landleben, dass sie von nichts eine Ahnung haben!"

Plötzlich war also nicht mehr davon die Rede, dass künstlerische Arbeit nie vergeudete Zeit darstellte. Das Alpaka bedauert kichernd die beiden noch etwas, bevor es laut lachend weiter trabte. Merke: nicht jeder findet dieselben Dinge witzig.

Die magische Reise

An einem Winterabend beschlossen die beiden Schwestern, den Zauberer Merlin zu besuchen. Im heiligen Hain nahe dem Hexenhaus murmelte die Fee einige Zaubersprüche.

Der Hain versuchte die magische Verbindung herzustellen: „Bitte warten Sie, Sie werden gleich bedient. Bitte warten Sie…." So ging es eine Stunde.

Die Mädchen saßen mittlerweile höchst verärgert auf dem Rasen. „Die heiligen Haine sind auch nicht mehr, was sie mal waren."

In diesem Augenblick änderte sich die Durchsage: „Der Teilnehmer ist im Moment leider nicht zu erreichen…" Verärgert sprang die Hexe auf, um nach Hause zu gehen. Mit einem lauten „Plopp!" kam die Verbindung doch noch zustande. Leider erklang dabei ein sehr unheilverkündendes: „Kein Anschluss unter dieser Nummer…"

Am Zielort angekommen, standen sie zwischen lauter kleinen Tannen. Vor sich hinfluchend rief Kleckselinchen verärgert: „Mist! Wer weiß, wo wir jetzt wieder sind! Ich kaufe uns morgen ein magisches Navigationsgerät!"

Lauerten hier vielleicht Gefahren auf die beiden? Hinter dem Bäumen erklang ein verdächtiges rascheln. Nahte ein schreckliches Monster?

Das gefährliche Ziel

Ein dem Weihnachtsmann verdächtig ähnlicher Förster schimpfte: „Was macht Ihr hier? Spionieren?"

Neugierig erkundigte sich Ninvy: „Ach, gibt es hier was zum Spionieren? Was denn?"

„Das wisst Ihr ganz genau, Ihr zwei Naseweise! Hier ist die Weihnachtsplantage!"

Jetzt erwiderte Kleckselinchen ganz aufgeregt: „Die Weihnachtsplantage? Davon habe ich noch nie gehört! Was ist das denn?"

Versöhnlich gestimmt erklärte der Förster: „Na, Ihr scheint es echt nicht zu wissen. Hier wachsen die Tannenbäume, die sich zu Weihnachten die Menschen ins Wohnzimmer stellen. Es sind magische Tannenbäume. Pünktlich am 24.12. wachsen aus ihren Wurzeln und Ästen Geschenke heraus. Kommen dann die Menschen ins Wohnzimmer, liegen dann plötzlich die Geschenke für sie da. Toll, was? Das ist durch meine Spezial-Tannenbaumzüchtung möglich."

Enttäuscht rief Ninvy: „Ich dachte, die Geschenke bringt der Weihnachtsmann!"

„Was? Zu so vielen Kindern kann ich doch nicht in einer Nacht kommen, dazu reicht die Zeit gar nicht!", verriet sich der Weihnachtsmann nun selber. „Und nun macht, dass Ihr nach Hause kommt!"

Die beiden nickten und verschwanden nach einer neuen Beschwörungsformel. Ob sie tatsächlich daheim ankamen oder ob es wie immer eine Panne gab, wird im nächsten Band des magischen Lama- und Alpakabuches geschildert.

Wichtige literarische Frage

Es ist ein vieldiskutiertes Thema. Schon immer spekuliert die literarische Welt über die Frage: Erfinden Autoren ihre Roman-figuren und erwecken sie diese beim Schreiben zum Leben? Oder schreiben sie unbewusst über Menschen, die sie selber nicht kennen? Die es aber tatsächlich schon irgendwo gibt? Oder drängen sich diese Gestalten in die Gedanken des Autors, damit er über sie schreibt? Ich habe schon die verschiedensten Standpunkte über das Thema gelesen. Die meisten davon sehr gut erläutert. Aber sehr theoretisch. Doch ich kann jetzt mit zwei praktischen, selbst erlebten Ereignissen mitreden.

Zu der Zeit als ich das Buch: „Weihnachten mit Alpaka, Lama und der schussligen Hexe" in Druck gab, saß ich auf einer Bank in der Sonne und hielt den Kopf wegen der Sonnenstrahlen gesenkt. Plötzlich erschienen zwei uralte Schnürstiefel wie sie Kleckse-linchen auf meinem Buchcover hat, in meinem Blickfeld. „So altmodische Schuhe hat doch heute niemand mehr!", ging es mir durch den Kopf und ich blickte höher. Dort – oh graus – erblickte ich denselben altmodisch grau-weiss gestreiften Rock und dieselbe Bluse von Kleckselinchen. Beides tragen junge Mädchen schon seit sehr, sehr langer Zeit nicht mehr. Und – oh schreck - ich sah ihr Gesicht und ihre Frisur. Es war Kleckselinchen! Sie ging mich anstarrend langsam an mir vorbei. Ich nahm dies als gutes Omen für das Buch, welches dann auch sehr gut lief. Als ich Monate später mit den Lesungen aus den Büchern der Lama-Alpaka-Reihe beginnen wollte, starrte mich auf demselben Platz ein Mädchen sehr ironisch aufmerksam an. Und plötzlich erkannte ich ihr Gesicht wieder! Auch dies erwies sich als gutes Omen, die Lese-reihe lief gut. Aber wie kann dies alles erklärt werden? Einen Schabernack konnte mir niemand gespielt haben. Denn da sich das Buch bei der ersten Begegnung noch in Druck befand, wusste niemand etwas Optisches über Kleckselinchen. Andererseits: Ich hatte noch nie ein junges Mädchen mit solcher sehr altmodischer Kleidung gesehen, die eher an eine Schuluniform der fünfziger Jahre erinnerte. Und selbst wenn dies ein Zufall war: Warum starrte sie mich kurz vor der Fertigstellung des Buches so an? An mir ist nichts besonders, weswegen mich junge Mädchen anstarren müssten. Jeder mag sich selber ein eigenes Urteil bilden, aber es ist schon seltsam: Jemand der wie Kleckselinchen aussah, dieselben Klamotten trug, starrte mich vor der Fertigstellung des Buches aufmerksam an. Wirklich Zufall? Zu diesem Zeitpunkt? Ein junges Mädchen in altmodischen Kleidern, die genauso wie die Hexe aussah? Die mich zweimal lange anstarrte? Wie dem auch sei: ob ich sie mal wieder sehe? Und ob es wieder ein gutes Omen ist? Wer weiß? Wenn ich sie mal wieder sehen sollte, werde ich meinen werten Lesern sofort in einem neuen Buch davon berichten. Vielleicht schon bald? Drücken sie mir die Daumen, dass auch die nächste Begegnung ein gutes Omen ist!

Ende der Ermittlungen

Liebe Leser/innen,

für heute enden die spannenden Ermittlungen. Da sich aber dort in der Gegend laufend Neues ereignet, wird die Reihe bald fortgesetzt.

Bis dahin alles Gute!

Ihr Ralf Neubohn

Bücher von Ralf Neubohn:

Krimi:

„Mörderisch gut"

„Die Gartenschau-Morde"

Fantasy Krimi:

„Der geheimnisvolle Tod des Werwolfs"

Tier Krimi:

„Mord auf dem Alpaka- und Lamahof"

Science Fiction Krimi:

„Sam Space"

Lama und Alpaka Reihe:

„Weihnachten mit Alpaka, Lama und der schussligen Hexe"

„Zauberhafte Ferien mit Alpaka und Lama"

„Der magische Hof, der Drache und die schusslige Hexe"

„Magische Stippvisite vom Drachen und der Hexe"

„Hof-Gala für Fee, Einhorn und Kamel"

„Geheimnisvolle Weihnachten mit Hexe, Drache und schüchterner Fee"

„Magische Reisen mit schussliger Hexe und schüchterner Fee"

„Weihnachtszauber im magisch-chaotischen Hofcafé der Hexe"

Alpaka Reihe:

„Die Alpakas vom Nikolaus"

„Der Nikolaus und sein Alpaka auf Tournee"

„Applaus für Alpaka und Osterhase"

„Das Comeback des geheimnisvollen Alpakas"

„Premieren-Abend mit Alpaka und Phönix"

„Halloween, Drache und Alpaka im Scheinwerferlicht"

„Das magische Alpaka und der Drache"

Gedichte

„Hier und Jetzt"

„Frisch gewagt"

Gedichte und Kurzgeschichten

„Die zauberhaften Altbohns"

Bücher mit schwarzen Humor Gedichten

„Die Gartenschau-Morde"

„Tod auf dem Kaktus"

„Neues vom 1. April"

Gartenschau Trilogie

„Flammenfeder live von der Gartenschau"

„Gartenschau Phantasie"

„Herzlich willkommen Gartenschau"

„Galaabend für die Gartenschau"

„Abschiedsvorstellung für die Gartenschau"

„Die Gartenschau-Morde"

„Tod auf dem Kaktus"

„Neues vom 1. April"

„Gartenschau Magie"

„Die Gartenschau im Rampenlicht"

Heiteres aus dem Autorenleben

„Im Tal der Autoren"

„Alle Autoren an Bord"

„Terry ein Schotte in Schwaben"

„Die zauberhaften Altbohns"

Fantasy

„Premieren-Abend mit Alpaka und Phönix"

„Halloween, Drache und Alpaka im Scheinwerferlicht"

„Das magische Alpaka und der Drache"

„Weihnachten mit Alpaka, Lama und der schussligen Hexe"

„Der magische Hof, der Drache und die schusslige Hexe"

„Magische Stippvisite vom Drachen und der Hexe"

„Hof-Gala für Fee, Einhorn und Kamel"

„Geheimnisvolle Weihnachten mit Hexe, Drache und schüchterner Fee"

„Magische Reisen mit schussliger Hexe und schüchterner Fee"

„Weihnachtszauber im magisch-chaotischen Hofcafé der Hexe"

„Der geheimnisvolle Tod des Werwolfs"

Jahresfeste

„Weihnachten mit dem literarischen Kleeblatt"

„Auf der Suche nach dem verlorenen Osterei"

„Weihnachten und Silvester mit Flammenfeder"

„Vorhang auf für Nikolaus, Weihnachten und Ferien"

„Bühne frei für Fasching und Halloween"

„Die Alpakas vom Nikolaus"

„Die Bettsocken vom Weihnachtsmann"

„Silvester und Weihnachtsmarkt geben sich die Ehre"

„Der Nikolaus und sein Alpaka auf Tournee"

„Applaus für Alpaka und Osterhase"

„Halloween, Drache und Alpaka im Scheinwerferlicht"

„Das Comeback des geheimnisvollen Alpakas"

„Weihnachten mit Alpaka, Lama und der schussligen Hexe"

„Geheimnisvolle Weihnachten mit Hexe, Drache und schüchterner Fee"

„Weihnachtszauber im magisch-chaotischen Hofcafé der Hexe"

Nachwort

Liebe Leser,

Sie sind nun an das Ende meines kleinen Büchleins gekommen. Ich hoffe, Sie gut und abwechslungsreich unterhalten zu haben.

Falls Sie beim Lesen auf den Geschmack gekommen sind, so gibt es von mir viele weitere schöne Bücher zum selber Genießen oder als originelles Geschenk für andere. Etwa zu Ostern, Weihnachten und Geburtstagen.

Mit freundlichen Grüßen und hoffentlich bis bald!

Ihr Ralf Neubohn